Para Luis y Ximena.
—A.R.

For Humberto.
—C.M.

DIAL BOOKS FOR YOUNG READERS • Penguin Young Readers Group
An imprint of Penguin Random House LLC • 375 Hudson Street, New York, NY 10014

Printed in China • ISBN: 9780399539299 • 10 9 8 7 6 5 4 3 2 1
Designed by Jason Henry • Text set in Adderville

EL CHUPACABRAS

Adam Rubin

Crash McCreery

Dial Books for Young Readers

This all happened a long time ago, en una granja de cabras.

Todo esto ocurrió hace mucho tiempo, on a goat farm.

There lived a young girl llamada Carla con su padre, a farmer, llamado Héctor.
Allí vivía una niña named Carla with her father, un granjero named Hector.

Hector liked goats, pero Carla prefería las bicicletas.

A Héctor le gustaban las cabras, but Carla preferred bicycles.

Cada mañana, Carla woke with the sun y les preparaba el desayuno a las cabras.
Every morning, Carla se despertaba con el sol and made breakfast for the goats.

Hector ordeñaba las cabras, y cepillaba las cabras, y le cantaba a las cabras también.
Hector would milk the goats, and brush the goats, and sing to the goats too.

All of the goats estaban gordas y felices.
Todas las cabras were fat and happy.

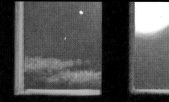

One night Hector and Carla heard a suspicious sound.
Una noche Héctor y Carla oyeron un ruido sospechoso.

¡THHHBBBB

Carla thought it was Hector and Héctor pensó que había sido Carla.

A la mañana siguiente, one of the goats había desaparecido.
The following morning, una de las cabras had disappeared.

Carla rode her bicycle across the whole farm para buscar a la cabra.
Carla recorrió toda la granja en bicicleta to look for the goat.

What she found fue una tortita de cabra.
Lo que encontró was a goat pancake.

"¡Blaaaaa!" dijo la cabra.
"Blaaaaa!" said the goat.

Cuando Héctor vio the goat pancake supo lo que había pasado.
When Hector saw la tortita de cabra he knew what had happened.

"¡EL CHUPACABRAS!"
said Hector.

"THE GOAT SUCKER!"
dijo Héctor.

La leyenda decía que el chupacabras was a terrifying beast.
The legend said that the goat sucker era una bestia aterradora.

But really, the goat sucker was a tiny gentleman.
Pero en realidad, el chupacabras era un caballero diminuto.

Llevaba corbatín y tomaba chocolate con churros.
He wore a bow tie and drank chocolate with churros.

Of course, once in a while, le gustaba chuparse una cabra.
Por supuesto, de vez en cuando, he liked to suck a goat.

Hector was furioso.

Héctor estaba furious.

The flower lady escuchó el alboroto from the road.

La dama de las flores heard the racket que venía del camino.

"Listen, farmer," dijo la dama de las flores, "you should try a little magic dust."

"Oiga, granjero," said the flower lady, "debería probar un poquito de polvos mágicos."

"Eso protegerá a sus beautiful goats. Pruébelo."

"It will protect your hermosas cabras. Try it."

"¡Ay, ay, ay!" dijo Héctor.

Hector sprinkled the magic dust sobre cada una de las cabras.
Héctor esparció los polvos mágicos onto each of the goats.

"Achoo!" said the goats.

"¡Salud!" dijo Carla.

Hector handed la bolsa vacía to the flower lady.
Héctor entregó the empty bag a la dama de las flores.

"¡¿Todo?!" gasped the flower lady. "I said un poquito!"

La tierra comenzó a temblar violentamente . . .
The ground began to shake violently . . .

¡The goats se transformaron en gigantes!
Las cabras transformed into giants!

Las cabras gigantescas empezaron a destruirlo todo y nadie podía detenerlas.
The gigantic goats began to destroy everything and nobody could stop them.

De repente, Carla tuvo una idea.
Suddenly, Carla had an idea.

"¡Chupacabras! ¡Socorro!" gritaba Carla as she pedaled through the forest.

"Goat sucker! Help!" yelled Carla mientras pedaleaba por el bosque.

She was so scared que se cayó de su bicicleta.
Estaba tan asustada that she fell from her bicycle.

"What happened?" said el chupacabras.
"¿Qué pasó?" dijo the goat sucker.

"Gigantic goats," dijo Carla. "You have to stop them antes de que destruyan el pueblo."

"Cabras gigantescas," said Carla. "Tienes que detenerlas before they destroy the town."

"Sí. I will suck the goats. For I am the goat sucker, y eso es lo que hago."

"Yes. Voy a chupar las cabras. Yo soy el chupacabras, and that is what I do."

Carla y el chupacabras arrived at the town justo a tiempo.
Carla and the goat sucker llegaron al pueblo just in time.

The goat sucker leaped onto the nose of one monster. *THHHBTZF!*

Después, el chupacabras saltó a la nariz de otro monstruo. *¡THHHBTZF!*

UNO, DOS, TRES...
CUATRO,
CINCO,
SEIS...

All of the creatures were sucked down to size.

Excepto, por supuesto, el chupacabras.

Fortunately the town did not suffer any permanent damage.

Afortunadamente el pueblo no sufrió ningún daño permanente.

Hector had to fix everything, pero la dama de las flores lo ayudó.

Héctor tuvo que arreglar todo, but the flower lady helped him.

Carla spent many happy years on the farm with her father and his new friend.

Carla pasó muchos años felices en la granja con su padre y su nueva amiga.

Pero, de vez en cuando, encontraba una tortita de cabra.

But every so often, she would find a goat pancake.

Of course, no one got mad at the goat sucker anymore, y todos vivieron felices para siempre.

Por supuesto, nadie se volvió a enojar con el chupacabras, and they all lived happily ever after.

. . . **Including las cabras.**

. . . **Incluso the goats.**